NOUVEAUX CONTES DE FÉES,

Par Madame la Marquise DE L***.

Tirés des Manuscrits de Madame la Comtesse de Verruë.

A LA HAYE,

Chez D'HONDT, Libraire.

M. DCC. XXXVIII.

TABLE
DES CONTES

Contenus en ce Volume.

LA PRINCESSE

DES

PLAISIRS.

OU

L'ORIGINE DES BOUCLES d'Oreilles.

CONTE.

DANS un pays le plus charmant du monde, régnoit autrefois un Roi qui devoit tout son bonheur & celui de son pays à une Fée qui en prenoit soin. Ce Prince après quelques années de mariage eut une fille, à la naissance de laquelle la Fée présida; elle promit à cette

A

jeune Princesse toutes fortes de félicités, pourvû qu'elle conservât toûjours, fans jamais le quitter, un anneau d'or qu'elle lui mit au doigt. Elle fut élevée dans le Palais du Roi fon pere avec tout le foin que l'on peut imaginer, & rien ne fut oublié pour la rendre la Princesse du monde la plus accomplie; on y réüffit, & elle devint fi parfaitement belle, que jamais on n'a rien vû de fi beau dans cette Cour. La Fée la nomma la Princesse des Plaisirs, c'étoit le nom de l'Ifle fur laquelle fon pere régnoit. Les peuples de ce pays étoient tous heureux & contens de leur destinée; ils n'avoient jamais rien à desirer, & si quelque chose pouvoit troubler leur bonheur, l'amour seul quelquefois en étoit la cause. Ils ne cherchoient tous les jours qu'à s'imaginer des fêtes nouvelles & des divertissemens differens, & ils n'étoient jamais occupés que de ce qui pouvoit les contenter.

Le bonheur dont ce Royaume jouïssoit, & le bruit de la beauté de la Princesse, y attira bien-tôt ce qu'il y avoit de jeunes Princes dans les pays les plus éloignés; la Fée avoit un charme si fort pour faire que ceux même qui n'étoient pas sûjets du Roi, & qui venoient à sa Cour, n'y étoient pas plûtôt arrivés, qu'ils jouissoient de la même félicité que ceux qui étoient nés dans le pays.

La Princesse jouïssoit d'une tranquillité parfaite, & il ne paroissoit pas que rien pût jamais la troubler, quand le fils du Roi de l'Isle des Merveilles arriva dans cette Cour. Ce jeune Prince fait comme l'Amour, étoit parti du Royaume de son pere, pour venir dans l'Isle des Plaisirs, sur ce qu'il avoit oüi dire de la beauté de la Princesse. A son arrivée, les divertissemens & les fêtes redoublerent dans l'Isle, tout contribua à l'envi à lui faire voir la magnificence d'un pays où régnoient les Plaisirs; & le Roy n'oublia rien pour bien recevoir le fils d'un Prince avec lequel il avoit toujours été en parfaite intelligence, & dont il auroit fort souhaité l'alliance.

Au milieu de l'allégresse publique, le Prince des Merveilles n'avoit été touché que de la beauté de la Princesse des Plaisirs, & il l'avoit trouvé si charmante qu'il n'avoit rien remarqué qu'elle. Il n'avoit jamais aimé, & c'étoit pour la premiere fois qu'il se trouvoit le cœur sensible ; il auroit

bien voulu dire à la Princesse tout ce qui se passoit
dans son ame; mais il n'o-
soit se hasarder de parler, il
se contentoit du bonheur de
la regarder, & il faisoit de son
mieux pour que ses yeux l'in-
struisissent de son secret.

Il y avoit dans cette Cour
un Enchanteur nommé Mor-
gan qui aimoit la Princesse,
& qui depuis un assez long-
tems faisoit ce qu'il pouvoit
pour lui plaire; il s'étoit toûjours flatté qu'il en pourroit
être aimé, que ses soins pourroient toucher son cœur, &
que si cela ne réussissoit
point, la force de son art
feroit ce qu'il n'auroit pû

faire lui-même. Ce fut par cet
art, qui le rendoit le plus cé-
lebre magicien de ce tems-là,
qu'il connut la tendreſſe du
Prince des Merveilles , &
qu'il vit en même tems qu'il
devoit être aimé ; cela le fit
réſoudre à enlever la Princeſſe, & il prit le moment
qu'elle avoit laiſſé ſans y
ſonger ſon anneau ſur ſa toil-
lette, & qu'elle s'étoit allé
promener ſur une terraſſe
qui régnoit le long des fenêtres de ſon appartement.

Ce fut dans ce moment fa-
tal pour la Princeſſe des Plaiſirs, que le paſſionné Morgan eut recours à tous les efforts de ſon pouvoir magi-

que pour exécuter ses tyran-
niques desseins. Il y réussit
fort bien, car il avoit déja
donné ses ordres à quelques
uns de ses plus fideles sujets
habitans de son Isle, qui au
premier signal qu'il leur fit,
enleverent la Princesse & la
conduisirent dans l'Isle harmonieuse. L'Enchanteur y
avoit rassemblé tout ce qu'il
y a dans le monde de plus
agréable ; tout y formoit des
concerts charmans, & tout
essayoit d'inspirer de la tendresse à celle pour qui tout
cela étoit fait. Morgan avoit
élevé dans cette Isle un Palais magnifique, il étoit d'un
seul diamant brillant, toutes

les portes & les fenêtres étoient de rubis, taillés de maniere qu'ils formoient les chiffres du nom de la Princesse des Plaisirs; un Amour formé d'une seule perle, étoit suspendu au milieu de la chambre qui lui étoit destinée, il tenoit d'une main son portrait, & de l'autre il mettoit à ses pieds son arc & son carquois. Cette superbe demeure étoit entourée de jardins remplis de tout ce que l'on peut souhaiter.

La Princesse n'auroit eû rien à désirer, si l'Enchanteur avoit été assez puissant pour lui faire oublier par son art ce qu'elle venoit de quit-

ter; car quoique le Prince des
Merveilles ne lui eût point
parlé de son amour, ce n'é-
toit pas ce qu'elle regrettoit
le moins que ce Prince.

Un jour qu'elle se prome-
noit dans les Jardins de son
palais, & que Morgan l'a-
voit laissé seule, elle se trouva insensiblement dans une
allée d'orangers & de jassemins à perte de vûë; elle y
rêvoit à son jeune amant lors-
qu'elle entendit sortir de tous
ces differens arbres les sons
du monde les plus harmo-
nieux qui répetoient tous son
nom : elle en approcha & elle vit qu'il étoit écrit sur toutes les feüilles, & que c'étoit

des pierres précieuses de mille & mille couleurs differentes qui en formoient les let-
tres ; pendant qu'elle étoit
occupée à regarder cet ou-
vrage, elle vit une de ces
feüilles se détacher & se
changer en un petit lézard
couleur de pourpre qui lui
dit : *Aimable Princesse, espe-*
rez tout de celle qui prend soin
du bonheur de votre vie. Le
petit lézard reprit sa premiere figure, & s'alla replacer
dans le même endroit d'où
il étoit sorti ; Morgan sçavoit
le nombre de toutes ces feüilles, & il ne falloit pas qu'il
s'apperçût qu'il en manquât.

La Princesse un peu con-

folée de ces paroles, continua à fe promener dans cette même allée, elle auroit
fort fouhaité s'y promener
avec le Prince fon Amant ;
tous fes malheurs avoient
augmenté fa tendreffe, & elle n'étoit occupée que de ce
fouvenir, lorfque l'Enchanteur la vint retrouver ; il fça-
voit l'averfion effroyable que
la Princeffe avoit pour lui ,
& que fon cœur étoit charmé du Prince des Merveil-
les ; mais il efperoit que fes
foins, & fon art pourroient
le faire aimer, c'étoit tous
les jours des plaifirs differens. Le Jardin dans lequel
elle avoit coûtume de fe pro-

mener changeoit tous les
jours de figure, & toutes les
fleurs qui en formoient les
parterres, parloient toûjouts
à la Princesse de l'amour de
Morgan, l'amour même n'auroit rien imaginé de plus gracieux, que tout ce qui se faisoit dans ce Palais. C'étoit
dans ces lieux charmans que
l'Enchanteur parloit à la
Princesse des Plaisirs, de sa
passion, & qu'il essayoit par
toutes sortes de moyens de
toucher son cœur, & de lui
persuader d'avoir pour elle
le mêmes sentimens qu'elle
avoit pour le Prince.

Cependant le Prince des
Merveilles ne pouvoit ima-

giner ce que la Princesse étoit
devenuë, on ne l'avoit plus
retrouvée dans son appartement: après bien des recher-
ches inutiles, il eut recours
à la Fée; elle lui dit qu'il ne
dépendoit point d'elle de sortir la Princesse d'où elle étoit,
& que tout son art n'étoit
point assez fort pour cela;
qu'il falloit le Roseau de l'Isle fatale pour dissiper le charme de Morgan, & que sans
cela, tout ce qu'on pourroit
faire seroit inutile. Cette Isle
n'étoit pas d'un facile accès,
& tous ceux qui avoient ten-
té cette avanture jusqu'à pre-
sent, y étoient tous péris.
Deux Serpens effroyables

gardoient l'entrée de ce lieu
terrible, & le Prince qui y
régnoit étoit le Geant le plus
effroyable que l'on eût jamais vû, elle n'étoit peuplée
que de monstres affreux, &
c'étoit là la seule Com-
pagnie du Prince ; tous ces
monstres lui obéïssoient & ap-
portoient devant lui tous les
malheureux qui abordoient
dans ce pays. La Fée ce-
pendant promit son secours
au Prince, s'il vouloit risquer
d'aller chercher le Roseau ; &
pour en venir à bout elle lui
donna un Dard dont la vertu
étoit telle que dans l'instant
que l'on en pouvoit toucher
quelque chose, il étoit aussi-

tôt changé en Rosierblanc, auquel on pouvoit ordonner ce que l'on vouloit, & qui avoit plus de force que tous les enchantemens les plus forts : Morgan le sçavoit ; mais il n'étoit pas le maître d'en empêcher l'effet. La Reine des Fées qui demeuroit à six mille lieuës delà, avoit fait ce charme qui devoit dissiper tous lesautres. Le Prince ayant été instruit de tout ce qu'il avoit à faire, partit dans une petite barque superbement équipée que lui donna la Fée de l'Isle des Plaisirs : elle devoit aborder d'elle-même à l'Isle fatale, & rien ne pouvoit l'en empêcher.

Elle

Elle s'arrêta à la vûë de l'Ifle, & donna le tems au Prince de fe préparer à combattre les Monftres qui parurent au bord dès le moment qu'ils apperçûrent la Barque : il ne fut point épouvanté du péril, & pouffa la Barque du côté où il les voyoit paroître. Il mit pied à terre, fe faifit de fon Dard, & marcha droit aux deux Monftres, qui venoient avec des cris effroyables pour le dévorer : quand il fut à portée d'eux, il fut affez adroit pour les toucher tous deux du Dard enchanté, & dans l'inftant ils furent changés en deux Rofiers blancs, les plus

B

beaux du monde. Il fongea
dans le moment à en envoyer
un à fa chere Princeffe pour
lui dire, que dans peu, il le-
roit maître du Rofeau de l'Ifle fatal, avec lequel il efperoit l'aller fecourir. Il ordonna à l'autre d'aller dans le
Palais du Géant, & de ne lui
rien dire de tout ce qui fe
paffoit, il efperoit par là amu-
fer le monftre, & qu'il s'oc-
cuperoit à examiner une fleur
qui n'étoit point connuë en
ce pays - là. Il fe fervit de ce
tems - là pour prendre le Rofeau, il étoit dans les jardins
du Prince, & l'affaire étoit
délicate ; mais tout étoit fi
empreffé au tour de la Rofe

blanche, qu'il s'en saisit sans
être apperçû d'aucuns des
monstres qui habitoient l'Isle.
Il eut le tems de régagner sa
petite barque, & il étoit déja éloigné du bord, quand
le Geant suivi d'un nombre
de bêtes affreuses qui venoit
pour empêcher le Prince
d'emporter le Roseau d'où
le destin de tout ce pays dépendoit ; en effet il vit un
moment après l'Isle entiere
s'enfoncer dans la Mer avec
un bruit & un fracas épou-
vantable, & en sa place s'é-
lever un pays charmant &
délicieux dont il se trouva
environné de tous côtés. Il
appercut la Fée de l'Isle des

Plaiſirs ſur un des rivages,
qui lui dit : venez Prince,
quand on aime on ne trouve
rien de difficile ; je vais faire
tout ce que je pourrai pour
vous rendre heureux , & il
ne dépendra pas de moi que
vous ne voyiez votre Princeſſe dans peu de tems , nous
n'avons plus rien à craindre
que la Fée qui s'intereſſe à
la conſervation de l'Iſle fatale ; demeurez dans ce lieu
charmant , tout y obéïra à
vos ordres , & contribuera à
votre plaiſir. Je vais envoyer
à votre aimable Princeſſe le
Roſeau fatal : il faut que ce
ſoit elle-même qui rompe
l'enchantement de Morgan.

A ces mots il sortit de terre une coquille d'une figure charmante ; c'étoit la même qui apporta Vénus au monde, six Tourterelles amarante furent attellées à cette coquille, la Fée mit le Roseau dedans : sitôt que la Princesse des Plaisirs aura le Roseau, dit - elle , elle sera menée malgré l'Enchanteur dans les lieux où vous êtes, pour moi je vais essayer d'appaiser la Fée que nous avons à craindre; alors la Fée s'enfonça dans la mer, & laissa le Prince dans une impatience que l'on ne peut exprimer. Il n'avoit point encore parlé à sa Maîtresse de toute sa pas-

fion, & il mouroit d'ennui
de sçavoir quels étoient ses
fentimens. Il s'abandonna à
fa rêverie le long de la mer,
ce rivage étoit embelli de
tout ce que la Nature a de
plus beau, & le Prince s'y
promenoit, attendant quelle feroit la réussite de l'aven-
ture du Rofeau. Comme il
étoit dans ces differentes
penfées, une des Tourterelles qui avoit porté le Rofeau,
revint, & lui dit : j'avois enlevé votre Princesse, Prince;
mais quelque chofe de plus
puissant que moi l'a fait dif-
paroître à mes yeux, je ne
puis fçavoir ce qu'elle eft devenuë, je vais avertir la Fée

à laquelle j'obeïs, de tout ce
qui s'est passé, & bientôt je
serai de retour; cela mit le
Prince dans un désespoir affreux, & il fut mille fois prêt
de se précipiter dans la mer,
accablé de tous les differens
malheurs qui lui arrivoient;
mais quelque chose qu'il ne
connoissoit pas, l'arrêtoit toujours : la Fée qui prenoit soin
de la conservation du Prince, n'avoit garde de l'aban-
donner dans ces tristes momens, elle songeoit à le rendre heureux, & avoit passé
jusque dans le Royaume de
la Fée de l'Isle fatale, elle
ne la trouva point, elle étoit
partie elle-même; ne vou-

lant confier à personne qu'à elle la Princesse des Plaisirs; elle l'avoit transportée dans un endroit écarté de son Royaume, & la prétendoit cacher aux yeux de tout le monde; c'étoit un lieu délicieux. La Princesse fut mise dans un petit bois de Citronniers, au bout duquel étoit un petit Cabinet de Corail dont le dedans étoit de glace, depuis le haut jusqu'en bas, elle n'y avoit d'autre compagnie que deux Cigales couleur de canelle qui étoient chargées de lui donner tout ce qui pouvoit lui être nécessaire. La Fée avoit enchanté ce bois & ce cabi-

net

net, de maniere que la Princesse des Plaisirs y voyoit
toujours son amant de quelque côté qu'elle se tournât;
mais elle le voyoit toûjours
entre les bras d'une nouvelle maîtresse qui lui paroissoit
d'une beauté surprenante;
ce changement cruel lui fit
mille fois souhaiter la mort,
elle se reprochoit la tendresse extrême qu'elle avoit pour
ce Prince ingrat. Quoi! disoit-
elle, après tout ce que j'ai
souffert pour lui, se peut-il
faire qu'il en aime une autre? Et serois-je assez malheureuse pour que ses yeux
m'eussent trompée? Ce sont
eux seuls qui m'ont parlé de

son amour, j'ay crû y voir
toute la tendresse qui est
dans mon cœur, & je vois
que ce n'est point moi qu'il
aime; la Fée qui a pris soin
jusqu'ici du bonheur de ma
vie, m'a-t'elle abandonnée ?
Pourquoi ne vient-elle point
me secourir? A ces mots elle
vit paroître le même petit
Lezard qui lui avoit parlé
dans l'allée d'Orangers de
l'Isle harmonieuse, qui lui
dit : Princesse, il ne dépend
point de la Fée de l'Isle des
Plaisirs de venir ici, la Maîtresse de ces lieux est plus
puissante qu'elle, sa grande
puissance doit encore durer
mille ans, après quoi elle se-

ra soumise à celle qui m'envoye ici, vous devez passer
ce tems dans les mêmes lieux
où vous êtes; voilà deux Anneaux qu'elle vous envoye,
elle a le pouvoir de les rendre invisibles à la Fée qui
vous retient ici : mettez-les
à vos oreilles, ils doivent dif-
siper tous vos chagrins. Le
petit animal disparut après
cela : ces deux Anneaux
étoient d'or, garnis de deux
escarboucles d'une beauté
surprenante; la Princesse se
retira dans son cabinet pour
obéir à sa Fée, elle prit ces
anneaux, & comme elle les
regardoit avec attention, elle vit dans l'un le Portrait de

son Amant, elle pouvoit l'y
voir toutes les fois qu'elle le
souhaitoit : elle mit l'autre
à son oreille, dès qu'il y fut :
Princesse charmante, lui dit-
il, vous m'avez crû infidele, &
je vous aime toûjours, ce que
je vois dans ces glaces vous
l'a persuadé, la Fée qui per-
secute , & qui veut m'ôter
votre cœur, vous fait paroître mon infidelité dans ces
miroirs ; mais je n'ai jamais
aimé que vous, ma chere Princesse ; je dois demeurer sous
cette figure pendant les mille
ans que vous avez à rester
ici, je suis content de ma destinée , puisque je puis vous
voir. Le Prince & la Princes-

fe vécurent dans ces beaux
lieux pendant tout ce tems-
là, rien ne troubla leur bonheur, les illusions de la Fée
ne firent plus aucune impression sur l'esprit de la Princesse. Au bout des mille ans, la
Fée de l'Isle des Plaisirs devint la Reine des Fées, & rendit le bonheur de ces deux
Amans parfait, ils ont depuis
ce tems regné paisiblement
dans leurs Royaumes qui furent réünis en un. La Fée
continua à prendre soin de
leurs destinées. C'est de-là
qu'est venu la mode de porter des anneaux aux oreilles;
les , femmes esperent toujours, depuis ce tems-là, trou-

ver dans quelques-uns de ces anneaux un amant fidele, & qu'elles puissent cacher aux yeux de tout le monde.

FIN

LA PRINCESSE

DES

MYRTHES.

CONTE.

TOut ce que l'Art, la magnificence & l'Amour peuvent rassembler de plus parfait & de plus superbe dans l'Univers, se rencontroit dans un Pays délicieux, où régnoit une Princesse aimable, ornée de tous les talens, & de tous les agrémens que puissent donner la Nature & l'Amour.

Ces deux grands maîtres
avoient pris soin de la for-
mer & de la rendre accom-
plie ; on ne pouvoit la voir
sans l'aimer ; son humeur répondoit aux charmes de sa
personne ; elle étoit bien-
faisante, magnifique & libé-
rale jusqu'à la profusion. Je
ne veux point vous faire un
portrait de toute sa personne ; des raisons particulieres
m'obligent de ne la point
faire connoître, & tout ce
que j'en puis dire, c'est qu'elle étoit parfaite en tout.
Une Fée qui avoit présidé
à sa naissance, prenoit soin
de sa destinée, & l'avoit nom-
mée la Princesse des Myr-

thes ; elle fuivoit fes confeils
& comme elle ne vouloit
s'en fier qu'à elle, elle avoit
élevé par fon pouvoir un Palais pour fa demeure, fitué
dans le lieu le plus élevé
de la ville où elle habitoit;
il étoit de forme octogone,
des pilaftres tous brillans
d'or & de pierreries en fou-
tenoient toutes les encoi-
gnures ; les chapiteaux &
les bafes étoient d'or bru-
ni : la face de cette charmante demeure étoit ornée
de mille & mille Amours,
dans des poftures differentes, & tous prêts à obéïr aux
ordres de cette Princeffe ;
ces mêmes Amours ré-

gnoient tout au tour de ce
Palais enchanté; au-deſſus,
s'élevoit un dôme de glaces
au travers deſquelles l'on
voyoit la Fée toûjours atten-
tive au moindres actions de
cette Princeſſe. Elle avoit autour d'elle un nombre infini
de tourterelles de couleurs
differentes, deſquelles elle
ſe ſervoit pour aller dans
tous les lieux du monde, y
chercher ce qui pouvoit contribuer à la ſatisfaction, &
contenter les déſirs de cette
aimable Princeſſe. Le dedans
des appartemens de cette demeure délicieuſe, répondoit
à la magnificence du dehors:
un ſalon ſuperbe en formoit

le milieu, il étoit orné de
tableaux peints par l'Amour
lui-même, qui repréfen-
toient les differentes conquêtes de ce Dieu charmant,
autour defquels on avoit mis
pour ornemens, des trophées
à fa gloire, enrichis de tout
ce qu'il y a de plus précieux
dans la nature ; ce falon répondoit à quatre apparte-
mens fuperbes & magnifi-
ques; ils étoient deftinés pour
les quatre faifons de l'année,
& meublés felon les differens temps. Vous vous ima-
ginerez aifément que tout
ce qu'il y a de plus gracieux
dans le monde, étoit ren-
fermé dans ces appartemens,

celle qui se mêloit de les or-
ner y donnoit tous ses soins,
& avoit sur toute la nature
une puissance absoluë. La
plus petite de ses tourterelles
pouvoit aller au fond de la
mer, & dans les lieux les
plus reculés du monde, y
chercher ce qui pouvoit contribuer à la magnificence de
ce Palais enchanté. Des jardins délicieux l'enfermoient
de tous côtés, on y voyoit
selon les differentes saisons
tout ce qui peut contribuer à
la beauté des jardins dans des
tems differens. Cette aimable Princesse menoit, dans
ces beaux lieux, la vie du
monde la plus tranquille,

tout étoit occupé à lui plaire & elle ne souhaitoit rien qui ne fût accompli dans le moment.

Pendant qu'elle jouissoit de cette félicité, le Prince des Isles Heureuses arriva à sa Cour, le bruit de sa beauté étoit la cause de son voyage ; elle se crut obligée de le recevoir comme le méritoit son rang & sa naissance , elle donna des ordres pour cela ; ce ne furent que fêtes & que tournois magnifiques pendant les premiers jours qu'il fut à cette Cour ; tous les jours c'étoient des spectacles nouveaux dans lesquels ce Prince remportoit toûjours l'avantage. Tant de graces & tant d'agrémens donnerent quelqu'attention à cette aimable Princesse; elle ne démêla pas dans le moment ce qui l'obligeoit à penser comme elle faisoit en faveur de ce Prince, elle crut que la seule estime la déterminoit aux sentimens dont elle se sentoit animée, cela fit qu'elle ne résista point à donner toute son estime à quelqu'un qu'elle croyoit si bien la mériter. Cette charmante Princesse se trompoit, & malgré les soins de la Fée, le Prince des Isles Heureuses fit une impression vive & sensible sur la Prin-

cesse. Comme ce Prince étoit
galant, & que de son côté,
il avoit trouvé à cette Princesse tous les charmes qui
peuvent plaire, il y résista
si foiblement qu'il se trouva
dans la même situation que
la Princesse ; il s'apperçut
de son bonheur, il lut dans
ses beaux yeux ce qu'il désiroit y voir : l'Amour vint
à son secours ; & voulant
couronner sa flâme, il conduisit ces tendres amans dans
un endroit délicieux, où tout
respiroit les plaisirs. C'est-là
que leurs transports éclate-
rent, & qu'ils se jurerent une
fidelité éternelle. Rien ne

manquoit à leur bonheur ;
ils étoient dans le plus beau
lieu du monde, s'aimoient
tendrement tous deux, &
croyoient être oubliés du
reste de la terre.

La Fée avoit employé tout
ce que son art avoit de plus
fort, pour éloigner le Prince
des Isles heureuses; mais quelle est la puissance qui peut
forcer à ne pas aimer ce que
l'on trouve aimable! Qui
peut contraindre les sentimens du cœur! Les efforts
de la Fée furent vains & inutiles, tout son pouvoir n'eut
aucun effet. Comme elle
étoit bien sage, qu'elle aimoit

moit tendrement cette Princesse, & qu'il n'y avoit plus
de reméde à ce qui étoit ar-
rivé, elle prit le parti pour
augmenter leur bonheur, de
les enchanter tous deux dans
cette demeure charmante ;
pour cet effet, elle éleva tout
au tour par la force de son
art, une muraille de marbre
violet, au-dessus de laquelle
elle plaça en distance égale
vingt-quatre Amours les
plus vifs, les plus sinceres,
& les plus sensibles qu'elle
put trouver ; elle confia à ces
Amours la garde de ce Palais,
& celle du Prince & de la
Princesse, elle leur ordonna
de leur inspirer, tour à tour,

D

tout ce que l'Amour a de plus charmant pour rendre des amans heureux. Les ordres d'une Fée sont absolus, aussi cela fut-il exécuté comme elle le désiroit. Ces amans fortunés jouissoient d'un bonheur parfait, rien ne manquoit à leurs désirs, & à leur félicité, la sage Fée en prenoit soin, & cela seul suffisoit pour les combler de plaisir.

Le bruit du bonheur de la Princesse des Myrthes, & du Prince des Isles heureuses, se répandit en differens endroits, malgré toute la puissance de la Fée; une félicité si parfaite ne put

être cachée. Un Prince voisin des Etats de la Princesse,
en fut jaloux, non-seulement
à cause de sa beauté qu'il
connoissoit à merveille, mais
aussi à cause de la richesse,
& de la situation heureuse
de son petit Royaume. L'en-
vie de posseder un si charmant pays, & peut-être
même aussi les charmes de
notre Princesse, le détermi-
nerent à chercher tous les
moyens de venir à bout de
ses desseins; il en imagina
beaucoup. De l'attaquer les
armes à la main, lui parut
un projet inutile, le charme de la Fée y avoit pourvû, & la muraille de mar-

bre violet étoit un enchantement si fort & si puissant, qu'il ne pouvoit être surmonté que par un charme plus fort, tout le reste de ce qu'on pouvoit faire étoit absolument inutile; cela fit que le Prince songea à chercher d'autres moyens de venir à bout de ses desseins. Il crut que le plus sûr étoit de chercher le secours de la Reine des Fées, qui avoit établi son séjour sur le bord de la Mer, assez proche de la Ville capitale du Royaume de ce Prince; il résolut d'y aller. Il arriva chez elle dans l'équipage qui convenoit à sa naissance & à son dessein; il en

fut reçû à merveille. Cet aimable Reine avoit confervé,
malgré un âge fort avancé,
(car vous jugez bien que la
Reine des Fées doit être
vieille) tous les charmes de
la jeuneffe : elle n'étoit point
grande, mais le refte de fa
perfonne étoit accompli ;
elle avoit le plus gracieux
vifage que l'on pût voir, &
quand elle vouloit plaire,
rien ne lui étoit impoffible.
elle avoit choifi le bord de
la mer pour fon féjour, & par
fon art elle s'étoit fait un
petit palais de bois de vio-
lette, enrichi d'or & de
pierreries, & de tout ce que
la nature peut produire de

plus magnifique & de plus
gracieux ; des jardins fuperbes ornoient cette charmante demeure. Au bout d'un
de ces jardins, on trouvoit un
Temple de criftal de roche,
il étoit dédié à l'Amour. La
Fée, malgré toute fa puiffan-
ce, connoiffoit celle de ce
Dieu charmant : auffi tout
ce palais & tous ces jardins
n'étoient ornés & embellis
que de trophées ingénieu-
fement imaginés à la gloire
de l'Amour ; on le voyoit au
travers du criftal couché fur
un lit magnifique, fon arc
& fon carquois étoient auprès de lui. C'étoit là que
la Fée alloit implorer fon

secours quand son cœur se trouvoit sensible.

Le Prince dit à la Reine des Fées le sujet principal de son voyage, & lui deman-da son secours avec beaucoup d'instance. Cette sage Fée qui ne vouloit faire de peine à personne, & qui connoissoit la Princesse des Myrthes & le Prince des Isles Heureuses, lui répondit en ces termes : Je veux bien vous être favorable pour vous donner les moyens de voir cette charmante Princesse : mais c'est à vous à faire le reste ; si vous pouvez lui plaire, je ne m'opo-serai point à votre bonheur. Je vais vous faciliter l'entrée du Palais enchanté de la Princesse; vous allez prendre la figure d'un Peroquet, vous pourrez, sous cette forme, vous présenter à elle, vous pourrez quand vous en trouverez l'occasion favorable, & qu'elle sera sans son amant, lui parler. Si vos discours sont reçus favorablement, & qu'après cela vous puissiez trouver cette Princesse auprès de la Fontaine de l'Amour, qui est un des plus aimables endroits de ses jardins, en tournant cet anneau que je mets à votre pied, vous reprendrez votre figure ordinaire. Allez, Prince, tâchez de plaire, l'enchantement

chantement de la muraille
de marbre violet ne ſerà pas
difficile à rompre. Après cela le Prince partit ſur le
champ ſous la figure du plus
joli Perroquet que l'on eût
jamais vû : il étoit gris, ſes
aîles étoient du plus beau
couleur de feu du monde,
& ſa queuë ſemblable à celle d'un Paon. Ce petit animal
vola droit au palais enchanté de la Princeſſe des Myrthes ; il la trouva ſe prome-
nant dans ſes jardins ; il s'a-
battit devant elle, (l'anneau
qu'il avoit au pied empê-
choit la Fée de ſçavoir qui
il étoit,) cet aimable Perroquet flatta la Princeſſe, parla

E

le langage des Perroquets,
vola autour d'elle, & fit tout
ce qui peut rendre un Perroquet aimable.

La Princeſſe en fût ſi charmée, qu'elle ne pouvoit plus
vivre ſans lui. Un jour qu'elle
ſe promenoit ſeule dans l'endroit le plus écarté de ſes
jardins, & qu'elle s'amuſoit
avec ſon Perroquet qu'elle
menoit toujours avec elle :
Princeſſe, lui dit-il, vous
voyez devant vous le Prince du monde le plus amou-
reux : j'ai pris cette figure
pour pouvoir vous inſtruire
de ce ſecret : je n'ai rien vû
de ſi charmant que vous, &
tout mon bonheur ſeroit de

pouvoir vous plaire, ne
refufez pas, trop aimable
Princeffe, l'offre d'un cœur
fidéle & conftant.

La Princeffe frémit à ce dif-
cours. Après avoir un peu re-
pris fes efprits: Qui que vous
foyez, Prince, ou Perroquet
qui me parlez, lui dit-elle,
apprenez que mon cœur
eft fenfible, je fuis attachée
ici par des liens indiffolubles
que je ne romprai jamais ;
fi vous voulez que je vous
garde avec moi, ne me te-
nez jamais de pareils dif-
cours, ils feroient inutiles,
& ne ferviroient qu'à vous
rendre malheureux ; vous
êtes le plus aimable Perro-

quet du monde, je ſuis charmée de vous avoir; mais je
ne veux point d'autre amant
que le Prince des Iſles Heu-
reuſes. Le Perroquet promit
tout ce que voulut la Princeſſe, il lui tint parole pendant quelque tems , & ſe
contentoit de lui plaire, comme fait un Perroquet bien
élevé; mais enfin, il hazarda
de lui parler une ſeconde
fois: Eſt-il poſſible charmante Princeſſe, que tous mes
ſoins, ma tendreſſe & mon
amour ne pourront rien ſur
votre cœur ? Serai-je con-
damné toûjours à vous aimer
ſans vous voir prendre la
moindre part à ma peine? La

Princeſſe qui avoit pris un
goût infini pour ſon Perroquet, ne put écouter ce diſcours tranquillement , elle
parut embarraſſée, ſes yeux
ſe troublerent, ſa réponſe fut
ambiguë. Le Perroquet dé-
mêla fort bien tous ces differens mouvemens, il eſſaya
d'en profiter, & pour cela,
volant devant ſa maîtreſſe ,
il la conduiſit inſenſiblement
à la Fontaine de l'Amour; elle
s'aſſit ſur un gazon qui bor-
doit cette belle Fontaine ,
notre petit Perroquet ne per-
dit point de tems, il tourna
l'anneau qu'il avoit au pied ,
& parut aux genoux de la
Princeſſe ſous ſa figure natu-

relle. La Princesse en fut frapée comme d'un coup de
foudre ; le Prince étoit aima-
mable, jeune & bien fait :
Trop charmante Princesse,
voulez-vous toûjours me
rendre malheureux ? Rebu-
terez-vous toûjours un cœur
qui vous adore, & qui veut
vous adorer toute sa vie ?
depuis trois mois je suis par-
tout vos pas, je porte par-
tout l'amour vif & sincere
que vous m'avez inspiré, ces
sentimens ne mériteront-ils
jamais aucune reconnoissan-
ce ? Au nom des Dieux, mon
aimable Princesse pemettez-
moi d'esperer & de vous
donner des preuves de

l'amour le plus violent ; avec cette permiſſion je puis tout , les charmes les plus forts ſe diſſiperont devant moi ; avec votre aveu je romprai l'enchantement qui vous tient ici enfermée. La Princeſſe n'eut pas la force de répondre à ce diſcours, ſes yeux ſeuls marquerent au Prince l'aveu qu'il ſouhaitoit avec tant d'ardeur qu'ils lui parurent remplis de mille charmes dans ce moment: De quelle vivacité ne les vit-il pas briller! C'eſt ainſi qu'ils ſont grands ou petits quand l'amour les anime, c'eſt un grand maître pour donner des graces à

ceux même qui n'en ont
point; que ne fait-il point
quand une personne aima-
ble se trouve le cœur sensible!
Telle fut la Princesse, elle
étoit jeune & belle; mais
dans ce moment-là tous ses
agrémens prirent une nou-
velle force, ce Dieu charmant
se rendit maître de toute sa
personne, & fit passer dans
ses yeux & dans ses actions
tous les charmes qu'il peut
avoir lui-même. Le Prince
n'en voulut pas davantage,
il reprit la forme de Perroquet, & demeura sous cette
figure avec la Princesse,

Le Prince des Isles Heureuses s'apperçut bien-tôt de

quelque changement dans
le cœur & dans l'esprit de sa
maîtresse ; il lui en parla :
vous jugez bien que la Princesse fit ce qu'elle put pour
le rassurer : cela ne conten-
ta point le Prince, il devint inquiet & rêveur, il en-
visageoit comme un malheur
extrême de perdre le cœur
de sa Princesse, & n'étoit occupé que de cette affreuse
idée ; tout le désoloit : en
un mot, il devint en peu
de tems du plus heureux de
tous les mortels, le plus malheureux & le plus à plaindre;
il en informa la Fée, &
lui demanda son secours dans
ce pressant danger ; il la pria

& fit tout ce qui put dépendre de lui pour la toucher & pour la fléchir ; la Fée à tous ses discours répondit, que sa puissance n'alloit pas jusqu'à contraindre les volontés & les sentimens du cœur, que si la Princesse pensoit pour quelqu'autre les mêmes choses qu'elle avoit pensé pour lui, il ne dépendoit point d'elle de la contraindre, qu'elle feroit de son mieux par ses conseils, & par ses discours pour lui rendre service, mais qu'elle ne pouvoit que cela, le reste dépendant d'une puissance plus forte que la sienne. En effet les conseils de

la Fée furent inutiles. La
jeune Princeſſe ſe trouvant
ſenſible aux charmes & aux
diſcours du nouveau Prince,
elle paſſoit ſes jours avec lui
ſous ſa forme de Perroquet, il
l'entretenoit toûjours de ſa
paſſion, & faiſoit tout ce qu'il
pouvoit pour toucher ſon
cœur. Il eſt bien difficile de
reſiſter aux mouvemens qui
nous animent & à ce penchant
ſi doux & ſi flateur qui nous
force d'avoüer à quelqu'un
que nous aimons; la tendreſſe
que nous avons pour lui,
tout nous trahit, nos yeux,
nos actions, nos diſcours,
tout enſemble contribuë à
faire connoître ce qui ſe

passe dans notre ame, les efforts que nous faisons pour cacher notre tendresse, sont vains & inutiles. Tout ce que je viens de dire arriva à la Princesse, un reste de goût qu'elle avoit pour le Prince des Isles Heureuses l'avoit retenuë, elle craignoit de lui apprendre une nouvelle aussi triste & aussi affreuse pour lui, que le changement de son cœur; elle craignoit de le rendre absolument malheureux, & faisoit tout son possible pour lui cacher ce qui se passoit dans son cœur, & pour le rassurer. Le petit Perroquet ne quittoit point la Princesse, il

essayoit toûjours de la ra-
mener à la Fontaine de l'A-
mour, étant inftruit que
ce feroit dans cet endroit
qu'il deviendroit heureux.
L'attention du Prince des Ifles heureufes à ne point
quitter auffi fa maîtreffe, empêcha pendant quelque tems
que cela n'arrivât; car il
falloit trouver la Princeffe
feule auprès de la fontaine:
enfin cet heureux jour pour
le Prince Perroquet arriva.
Le Prince des Ifles Heureufes
penetré de douleur par la
froideur & l'indifference de
la Princeffe, plus chagrin &
plus vivement touché de fes
malheurs, s'étant retiré dans

les lieux les plus écartés de ce
jardin, après en avoir parcou-
ru le reste, se trouva au bout
d'une allée à perte de vuë,
où à peine on voyoit le Soleil
par la hauteur & la prodi-
gieuse grosseur des arbres qui
la bordoient des deux côtés ;
au bout de cette allée étoit
une grotte obscure, où la
Fée maîtresse de cette demeure enchantée, se retiroit
quand elle avoit besoin de
faire quelques operations
de son Art ; c'étoit là qu'elle évoquoit les esprits sou-
mis à ses volontés ; c'étoit
de là qu'elle les envoyoit, selon son pouvoir, dans les endroits du monde les plus

éloignés. Cette grotte étoit
ornée de tout ce que l'on
peut imaginer de plus triste,
les murailles étoient de Marbre noir, les figures qui rem-
plissoient cette grotte étoient
celles de tous les malheureux
qu'elle avoit puni pour lui
avoir deplû, ou pour avoir
resisté aux tendres sentimens
de son cœur ; un Amour tout
baigné de larmes étoit dans
le cintre de cette demeure
affreuse, il ne se soutenoit que
par l'effort des charmes de la
Fée ; son arc & son carquois
étoient brisés à côté de lui,
son bandeau étoit dans sa
main droite, & de l'autre il
tenoit un poignard prêt à

executer ce que la Fée
souhaiteroit, & à sacrifier
tous ces malheureux; tous les
charmes qui acompagnoient
ordinairement l'Amour ,
étoient effacés de dessus son
visage ; une couleur pâle &
livide y avoit succedé. Le
Prince entra pour se reposer
dans cette demeure terrible,
& s'enfonça dans le plus pro-
fond de la grotte à côté d'une
source qui sortoit de dessous
une voûte obscure du même
Marbre dont les murailles
étoient revêtuës : il s'assit, &
après avoir rêvé long-tems à
la difference des sentimens
de la Princesse pour lui, après
avoir fait reflexion que la
Princesse

Princeſſe des Myrthes n'avoit
plus pour lui les mêmes égards
qu'elle avoit toûjours eu
depuis les premiers momens
qu'il l'avoit vûë: Amour, ſour-
ce de tous mes maux , dit-il,
toi qui m'as rendu le plus heureux de tous les Mortels : toi
qui pendant un ſi long-tems
as fait le bonheur de ma vie ,
as-tu reſolu de me mettre au
rang de tous ces malheureux?
Eſt-il dit, que c'eſt ici que
je dois achever ma triſte de ſ-
tinée? Alors un torrent de
larmes l'empêcha de pour-
ſuivre : Prince , lui dit
l'Amour, je ne puis plus rien
contre vos malheurs, mon
pouvoir ne s'étend point juſ-

qu'à les changer; n'y cher-
chez plus de secours, ils
seroient inutiles : La Fée,
maîtresse de ces lieux, celle qui me tient ici par son
pouvoir, & qui me rend le
plus malheureux de tous les
amours, n'y peut plus rien,
n'attendez point ici de re-
mede à vos peines; ces tristes objets ne feront que les
augmenter ; oubliez si vous
le pouvez, qui vous outra-
ge : une Maîtresse infidelle
ne merite rien autre chose;
sortez, Prince, de ces lugu-
bres lieux, une plus heu-
reuse destinée vous attend
ailleurs , retournez dans
vos Etats, vos Peuples vous y

souhaitent , de nouvelles conquêtes calmeront quelque jour vos douleurs, je vous en promets qui vous feront oublier une partie de vos déplaisirs; qu'un sommeil tranquile calme pour un moment vos sens. A ces mots le Prince ne put resister au charme qui s'en rendit maître, il s'assoupit & pour quelque tems cessa d'être malheureux.

Pendant l'absence & l'éloignement de ce Prince infortuné, le petit Perroquet étoit dans le cabinet de la Princesse, il chercha tous les moyens imaginables de la divertir, il voloit au tour d'elle, il se mettoit dans ses che-

veux qu'elle avoit les plus
beaux du monde, il se pan-
choit sur ses épaules, il lui
baisoit les mains; ses discours
quand la Princesse étoit seule, étoient les plus vifs & les
plus passionnés. La Princesse
sortit de son cabinet pour entrer dans un berceau qui étoit
vis-à-vis; ce berceau étoit
garanti des rayons du Soleil
par un nombre infini de roses & de jassemins qui le
couvroient, l'odeur en étoit
charmante, le petit Perroquet
qui voloit devant elle, alloit chercher des roses & des
jassemins qu'il lui apportoit:
Il en jettoit devant elle, &
faisoit de son mieux pour la

conduire à la Fontaine de l'amour : la Princesse de plus en plus charmée des gentillesses de cet aimable Oiseau, y tourna ses pas. Avant que d'y entrer, elle demeura quelque tems sous un bois d'orangers assise sur un gazon semé de mille fleurs de differentes couleurs, elle ne pouvoit se resoudre à quitter un lieu si délicieux : son Perroquet impatient s'éloignoit toûjours d'elle, & puis y revenoit, à la fin il s'en éloigna, & fut un tems assez considerable sans revenir La Princesse qui aimoit éperdûment son Perroquet, & qui se souvenoit de la figure aimable sous laquelle il s'étoic montré à elle, se leva pour l'aller chercher ; son inquiétude la conduisit jusqu'à cette fatale fontaine, appellant son Perroquet : dans l'instant, l'oiseau tourna son anneau & parut aux yeux de la Princesse sous sa figure naturelle de Prince. Il se jetta encore à ses genoux : elle fut si surprise de cette metamorphose , qu'elle se laissa tomber sur un lit magnifique qui étoit dans le premier cabinet de ce lieu charmant : Le Prince toujours à ses genoux, lui dit les choses du monde les plus touchantes, l'assura d'une tendresse éternelle, la conjura de ne pas

differer plus long-tems son
bonheur : il lui prit les mains
les baigna de ses larmes . . . .
Dans le moment le charme
qui entouroit cette demeure enchantée, fut rompu,
la muraille de marbre se
brisa, & les mêmes Amours
qui étoient dessus, se ran-
gerent au tour de la Fon-
taine pour en garder les is-
suës. La Fée, qui autrefois
les avoit placés sur cette muraille, vint pour y entrer :
vous jugez de son chagrin,
puisque malgré tout son
pouvoir il lui fut impossible :
la Reine des Fées étoit plus
forte qu'elle. Ce Prince &
cette Princesse sont encore

preſentement enchantés dans
cette Fontaine, ils y goutent
les paiſirs les plus doux,
& le Prince des Iſles Heu-
reuſes dans le même inſtant
que le charme de la muraille de marbre fut rompu,
fut enlevé par l'Amour, de la
grotte des malheureux, &
reconduit dans l'apparte-
ment de ſon Palais le plus
magnifique, où ils vivent enſemble. Depuis ce tems-là,
les plaiſirs ne regnent guére
dans le Palais de ce Prince,
& le triſte Amour n'a pû encore racommoder ſon arc &
ſon carquois briſé.

F I N

LA PRINCESSE
CARILLON.
CONTE.

IL y avoit autrefois vers Magellan, une Isle que l'on nommoit l'Isle Fertile; c'étoit une terre abondante où l'on trouvoit en tout tems ce que l'on pouvoit désirer. Les femmes n'y é-toient pas moins fécondes que la terre, & elles avoient presque toûjours trois ou quatre enfans à la fois; en-fin c'étoit une chose fort rare

A

de n'en avoir qu'un. Cependant le Roi & la Reine de cette Isle n'en avoient point, quoiqu'ils euſſent quatre années de mariage; ce qui les affligeoit fort.

Après beaucoup de prieres & de vœux, la Reine s'aviſa d'envoyer conſulter les Fées du Pays; il y en avoit en grand nombre. Elles firent réponſe que leur pouvoir ne s'étendoit pas juſqu'à ſatisfaire la Reine ſur ce qu'elle leur demandoit; mais qu'elles avoient cinq de leurs ſœurs infiniment plus ſçavantes en l'art de Féerie; qu'elles demeuroient dans l'Iſle déſer-

te, & qu'il falloit y envoyer.
On fit équiper un vaisseau, &
un des Principaux du Royaume fut député vers ces sça-
vantes filles, qui assurerent
que la Reine étoit grosse, &
que dans huit mois elle auroit une fille.

L'Envoyé revint si aise,
qu'il ne pouvoit parler; &
le Roi & la Reine pense-
rent mourir de joye à cette
nouvelle. Le terme accom-
pli, la Princesse accoucha
d'une belle fille ; le Prince
envoya aussi-tôt prier les
Fées de l'Isle de venir doüer
sa fille, comme c'étoit la
mode en ce tems-là, & les
renvoya avec force présens.

Pour celle de l'Isle déserte,
le Roi leur envoya un vaisseau. chargé de toutes sortes
de confitures séches & de
vins délicieux ; il y avoit
entre autre pour chaque
Fée une bouteille d'une li-
queur fort précieuse & fort
rare.. Le page qui étoit chargé de ces présens étoit friand,
il ne put s'empêcher de dé-
boucher une des bouteilles
pour y goûter ; il la recoëf-
fa bien , & crut qu'il n'y
paroîtroit pas , parce qu'il
en avoit ôté peu.

Mais on ne trompe pas ai-
sément une Fée. Il donna jus-
tement celle-là à la Fée Grimaude; il ne pouvoit plus mal

s'adreſſer, la moindre choſe
la fâchoit à n'en pouvoir
revenir, & ſes ſœurs avoient
bien de la peine à vivre
avec elle. Friolet (c'eſt ainſi
que ſe nommoit le Page)
leur fit bien des complimens
de la part duRoi & de laRei-
ne, & dit qu'ils les prioient
d'être favorables à la Princeſſe, & de faire des ſouhaits
pour elle. La Fée mécouten-
te gromêloit bien fort entre
ſes dents, & au lieu de parler la premiere comme c'é-
toit à elle, elle voulut que
ſes ſœurs commençaſſent.
Elles lui obéirent car elle
étoit leur ancienne. L'une
la doüa d'eſprit & de ſageſſe.

A iij

la seconde de graces & de
beauté, la troisiéme de ri-
chesses, la quatriéme d'une
longue vie, & d'une bonne
santé. Pour notre Grimau-
de, elle dit d'un ton qui
fit trembler : Friolet, suis-
je moins que mes sœurs, pour
me donner une bouteille sans
être pleine ? Allez, petit
gourmand, dites à votre Maître qu'il n'aura, ni paix, ni
tranquillité dans sa famille,
& que sa petite ne cessera
d'aimer le bruit & le carillon, que quand elle aura
trouvé le Royaume de la
Fée Tranquille.

Voilà donc notre pauvre
Princesse qui coure risque

de ne fe décarillonner jamais ; car on avoit toûjours
cherché ce Royaume inuti-
lement. Le pauvre page au
défefpoir, ne jugea pas à
propos de retourner à la
Cour ; mais il réfolut de s'en
aller bien loin, & de mar-
cher tant que terre le pourroit porter. Comme fon
voyage pourra être long,
laiffons-le aller, & voyons
ce que l'on fait dans l'Ifle
Fertile.

On avoit appris par des
nouvelles l'avanture du Page, & on ne s'appercevoit
que trop à la Cour des ma-
léfices de la Fée. La petite
Princeffe, qui avoit déja un

A iiij

an, aimoit si fort le bruit,
qu'on ne la pouvoit endormir qu'au son des tambours
& des trompettes; & quand
ils cessoient de joüer, elle
se réveilloit, & faisoit des
cris si affreux qu'on étoit
obligé de les faire joüer toute la nuit & tout le jour sans
discontinuer. Il y avoit une
infinité de petites clochettes
dans sa chambre, avec quoi
elle s'amusoit une partie de
la journée, & l'autre elle la
passoit à tirer l'oreille à des
petits chats pour les faire
miauler, & quand elle fut un
peu plus grande, elle cassoit
les glaces & les porcelaines,
ou renversoit tous les meu-

bles de son appartement
pour se réjouïr.

Sa nourice mourut de fa-
tigue, les Gouvernantes ne
pouvoient y resister ; elles
devenoient les unes sourdes,
les autres étiques, de sorte
qu'il lui en falloit souvent de
nouvelles ; elle en changea
tant qu'à la fin il ne s'en trouva plus; la Reine se voyoit à la
veille d'être obligée d'avoir
soin elle-même de sa fille.
Un jour qu'elle étoit plus pé-
netrée de son affliction qu'à
l'ordinaire, elle fut se promener sur une terrasse du
Château, située au bord de
la mer, les flots en étoient
fort agités ce jour là; mais

la Reine dont le cœur étoit mille fois plus troublé, entra dans un pavillon d'où on découvroit tout ce qui entroit dans le port.

Ce fut là qu'elle s'abandonna à sa douleur, & qu'elle fit des plaintes capables de faire fendre les rochers : falloit-il, disoit-elle souhaiter un enfant avec tant d'ardeur, qui fait presentement tout le malheur de ma vie ! Elle fut interrompuë dans ses plaintes par l'arrivée d'un vaisseau qui entroit dans le port, elle envoya au plus vîte sçavoir, s'il n'y avoit pas quelque Dame qui voulût être Gouvernante de sa fille. On lui en amena une qui paroiſſoit avoir quarante ans, & d'un air tout-à-fait reſpectable. La Reine lui fit le meilleur accüeil qu'elle put, & elle la conduiſit à la Princeſſe, qui parut frapée de reſpect à ſon abord, & effectivement au bout de quelque tems, la Reine apprit qu'il ne falloit plus de tambours pour endormir ſa fille ; elle eut la curioſité d'aller elle-même écouter ſi la Princeſſe ne crioit point : elle l'entendit qui fit un grand cri quand les tambours furent ſortis ; mais elle oüit en même tems la Gouver-nante qui diſoit : Petite, au

nom de la Fée tranquille dor-
mez jusqu'au Soleil levé, aussi-tôt elle se tut, & la Reine s'alla coucher fort satis-
faite. Toutes les femmes qui
étoient auprès de la petite
Princesse, dormant bien la
nuit, supportoient aisément
la fatigue du jour, cela dimi-
nua beaucoup les chagrins
du Roi & de la Reine, &
donna de la joye à toute la
Cour. Laissons-les pour quelque tems, & voyons ce que
le pauvre Page est devenu.
Trois jours après son départ
une des cinq Fées, qui avoit
doüé la Princesse, & que
l'on nommoit la bonne Fée,
parce qu'elle ne se plaisoit

qu'à faire du bien & à réparer de son mieux le mal que ses sœurs faisoient, songea au desespoir de Friolet; elle alla le chercher, & le trouva au pied d'un arbre, demi mort de faim & de lassitude, elle le toucha de sa quenouille, & il devint le plus bel Oranger du monde. La Fée le souhaita dans le Royaume de la Fée tranquille, & le voilà aussi-tôt transporté dans l'orangerie de cette Reine.

C'étoit une Fée qui faisoit consister toute sa félicité dans le repos & dans l'oisiveté, elle ne se mêloit point de tout ce qui passoit

dans le monde, comme fai-
soient ses sœurs. Son Palais
étoit superbe, non-seulement
par sa grandeur , & par la
beauté de son architecture ,
mias encore par le choix &
l'arrangement des meubles ,
la distribution des glaces &
des peintures : il ne s'est jamais rien fait d'aussi beau , je
ne vous en ferai point la des-
cription , parce que cela est
audessus de toute expression,
il suffit de dire qu'il avoit été
bâti par la main des Fées ,
pour imaginer qu'il n'y a jamais rien eu d'aussi merveilleux ; car la moindre de toutes les Fées étoit plus sça-
vante à son petit doigt , que

tous les plus habiles Maîtres
de la Gréce enfemble ; les
Jardins n'étoient pas moins
beaux , & d'un deffein fort
extraordinaire, chaque fleur
differente avoit fon Parterre
particulier, & malgré l'uni-
formité de la couleur qui
regnoit dans chacun, la maniere dont ils étoient formés
y faifoit paroître mille di-
verfités.

Chaque parterre avoit fa
Nimphe où la même unifor-
mité paroiffoit: en les voyant
on ne pouvoit fe méprendre
à leurs emplois, elles portoient le nom, la guirlande
& le bouquet de la fleur dont
elles avoient foin , l'habit de

la même couleur & leur ar-
rosoir garni de Pierreries
de même. Par exemple, la
Nimphe des Orangers avoit
une légere robe de taffe-
tas blanc, une Guirlande &
un bouquet de fleur d'Orange, un Voile de gase d'argent derriere sa tête, & ses
arrosoirs étoient garnis de
Diamans : celle des rosiers
avoit une Guirlande & un
bouquet de Rose, un habit
de cette couleur & les arrosoirs ornés de Rubis, ainsi
des autres. Quand toutes ces
Nimphes étoient occupées
à travailler, la Reine se faisoit un plaisir de les regarder
des balcons de son Palais,

c'étoit

c'étoit affurément un beau
fpectacle ; car les rayons du
Soleil venant à darder fur les
arrofoirs, les rendoient fi
brillans, qu'il falloit être
Fée pour en fuporter l'éclat:
outre que tous ces Parterres
particuliers concouroient
tous à un deffein général,
& ne formoient, des fenêtres
du Palais, qu'un grand Parterre d'où toutes ces maffes
de couleurs differentes fai-
foient un effet furprenant où
l'art fe faifoit admirer. Il y
avoit auffi les Nimphes des
Bois & des Bocages, celles
du fruitier & du potager ;
d'autres étoient occupées à
la pêche: enfin, elles avoient

B

toutes leurs occupations differentes, & tour-à-tour, elles
se rendoient par troupes auprès de la Reine, qui s'amusoit à les voir joüer à mille
jeux innocens. Elle étoit fort
nonchalante, & déscendoit
rarement, dans ses Jardins.
Le jour que Friolet y fut
transporté la Nimphe des
Orangers fut bien étonnée
d'en voir un plus beau &
plus chargé de fleurs que
tous ceux qu'elle avoit jamais
vû: elle fut trouver la Reine, lui dit qu'un de ses Orangers avoit poussé tant de
fleurs tout d'un coup qu'on
ne pouvoit rien voir de plus
merveilleux.

La Reine eut la curiosité de l'aller voir, & elle en fut charmée: si elle eût lû dans ses livres comme ses sœurs faisoient, elle eût sçû l'avanture du Page; car les Fées voyent dans leurs livres ce qui se passe tous les jours dans l'Univers ; mais cette Fée ne se donnoit pas tant de peine, elle recommanda à la Nimphe d'avoir bien soin de cet Oranger ; mais plus elle y prenoit de peine, plus il se desséchoit & devenoit jaune : il avoit conçû un amour violent pour cette belle, & n'ayant pas l'usage de la voix pour lui dire, il se mouroit: lorsque la Nimphe

en avertit la Reine, elle vint
le voir, & fut fachée de le
trouver en cet état ; elle le
toucha de sa Baguette, &
lui ordonna de revenir en sa
premiére beauté : mais quelle fut sa surprise de voir paroître un jeune homme beau
& bien fait, au lieu de l'Oranger ! Il conta à la Reine comme la bonne Fée l'avoit
changé en Oranger & transporté dans son Palais ; que la
beauté de la Nimphe qui
avoit soin de lui, l'avoit si
fort charmé qu'il seroit mort
du desespoir où il étoit de
ne lui pouvoir dire, si elle
ne l'avoit secouru en lui ren-
dant sa premiére figure.

Il étoit aux pieds de la Reine qui le fit lever, & qui lui dit d'un air gracieux : il ne tiendra pás à moi que vous ne foyiez heureux ; fi la Nimphe y confent , je vous la donne pour époufe. Elle répondit en rougiffant, que la Reine étoit maîtreffe abfoluë de fes volontés. Dans ce moment le Page penfa encore mourir , tant la joye qu'il reffentoit étoit grande : la Nimphe n'en reffentit guere moins ; mais elle ne le témoignoit pas. Les nôces fe firent avec beaucoup de pompe & de magnificence ; la Reine leur donna bien des richeffes , &

un Royaume qu'elle nom-
ma le Royaume des Oran-
gers , après de grands té-
moignages de réconnoiffan-
ce de la part du nouveau
Roi & de la nouvelle Rei-
ne, leur bienfaictrice les fit
conduire dans leurs Etats.
La douleur, l'amour, la joye
& le plaifir dont le Prince
des Orangers avoit été agité
fucceffivement , lui avoient
fait oublier la petite Princeffe de l'Ifle fertile : au bout de
quelques années il s'en ref-
fouvint, & fentit une vive
douleur d'avoir oublié fa chere Maîtreffe dans le tems qu'il
étoit dans le Royaume de la
Fée. C'étoit elle qui devoit

lui rendre son repos ; mais le moyen d'y retourner, c'étoit un Royaume qu'on avoit toûjours cherché inutilement, ce n'est pas que plusieurs Princes n'y eussent été; car quand il y en avoit quelques uns à marier, la Fée leur envoyoit le portrait d'une de ses Nimphes ; & quand ils le trouvoient à leur gré, elle leur envoyoit un chariot aîlé qui les conduisoit jusque dans son Palais ; & après les nôces, la Fée les renvoyoit par la même voye, desorte qu'ils n'en sçavoient pas mieux le chemin que ceux qui n'y avoient jamais été.

Le Prince témoigna son
affliction à la Princesse son
épouse: Mon cher ami, lui dit-
elle, je puis vous enseigner
un Royaume qui en est fort
proche; je me ressouviens
d'avoir oüi dire à notre Reine, en parlant du Prince à
qui elle donnoit la Nimphe
des Jonquilles, qu'il étoit le
plus proche de ses voisins;
ainsi quand vous serez chez
le Roi des Jonquilles, vous
chercherez plus sûrement le
Royaume tranquille, que
tous ceux qui l'ont cherché
jusqu'à l'heure qu'il est, qui
faute de sçavoir à peu près
où il est situé, le cher-
choient peut-être en un endroit

droit de la terre tout oppo-
sé ; je vous conseille donc
d'aller trouver cette Reine
affligée, & de vous offrir pour
la conduire dans ce voyage.

Le Prince suivit ce con-
seil, & après bien des re-
grets de se quitter il par-
tit avec un équipage superbe; il envoya devant un Am-
bassadeur dire au Roy de l'Is-
le fertile qu'il venoit lui-même lui demander son amitié.
Ce Prince en eut toute la
joye dont il pouvoit être
capable dans la peine qui
l'accabloit. Il leur venoit
d'arriver une nouvelle affliction : la Fée Grimaude con-
noissant que la fin des malheurs de la petite Princesse

C

approchoit, elle se mit dans une colere furieuse contre la bonne Fée qui diminuoit ses peines ; car c'étoit elle qui lui servoit de Gouvernante. Grimaude monta dans un chariot tiré par des Dragons qui jettoient feu & flâmes, & entrant dans la chambre de la Princesse, elle dit à la pauvre Gouvernante tout ce que sa colere lui suggera, puis changeant de ton, & la prenant par le bras, elle lui dit d'un air goguenard, & qui ne lui séyoit pas bien : allons allons sœur mutine, je veux que cette Babouine fasse, de jour, un fort grand bruit, & ne l'aime pas moins la nuit.

La bonne Fée ne repli-
qua pas ; car c'étoit sa supe-
rieure, elle monta dans le
chariot, & la Reine la voyant
partir s'évanoüit. Quand elle
fut un peu revenuë, elle s'en-
ferma pour pleurer plus à son
aise ; après avoir bien pleuré
elle apperçut la quenouille
de la bonne Gouvernante,
elle la prit & la baisa mille
fois, & la voulant garder
précieusement, elle la dé-
monta pour la serrer dans un
petit coffre d'écaille. Qu'elle fut sa surprise d'y trouver
trois boulles d'or qui faisoient
des petits sots, & s'entre-
choquoient les unes les autres!
Jolies boules, dit la Reine,

au nom de la Fée qui vous
a laissées, dites-moi à quoi
vous servez ? Aussi-tôt une
des boules répondit: Ma belle Princesse, vous connoî-
trez un jour à quoi nous pouvons vous être utiles ; mais
jusqu'à ce tems-là il faut que
vous nous laviez tous les
jours dans l'eau de fleur
d'Orange, & que vous nous
mettiez tous les huit jours
un quart d'heure au Soleil,
gardez-vous bien d'y man-
quer. La Reine n'eut garde
de les oublier, elle les serra dans une boëte d'or, dont
elle avoit un soin extrême.

Voilà la situation où le
Prince des Orangers trouva

la Cour du Roy de l'Ifle fertile. On le reçut avec beaucoup de magnificence, & les
deux Princes fe jurerent une
amitié éternelle : il ne fut
point reconnu pour Friolet,
parce qu'il étoit fort jeune
quand il avoit quitté cette
Ifle , il ne jugea pas à propos de fe faire connoître ;
mais après quelques jours ,
faifant tomber adroitement
la converfation fur la jeune
Princeffe , il fe fit conter
toute fon hiftoire par la
Reine, comme s'il ne l'a-
voit point fçûë , & lorf-
qu'elle lui dit qu'elle ne
pouvoit trouver de fin à fes
malheurs qu'en découvrant

le Royaume de la Fée tranquille dont la situation étoit
entierement inconnuë : Ah !
Madame, lui dit-il en l'inter-
rompant, ne perdez pas cou-
rage , je puis vous donner
quelque éclaircissement là-
dessus ; je connois un Roi
qui est fort proche voisin de
cette Reine. Il lui conta comme il avoit épousé une de ses
Nimphes , & tout ce qui s'é-
toit passé depuis sa métamor-
phose en oranger, lui cachant
toûjours sa naissance : il lui
fit toutes sortes d'offres de
service pour la conduire dans
ce pénible voyage , & lui
donna mille assurances de ne
la point quitter qu'elle n'eût

trouvé ce Royaume qui de-
voit lui rendre son repos.

Le Roi & la Reine n'eu-
rent garde de refuser ses offres, ils en eurent une joye
qui ne se peut dire, & on
prépara tout pour le voyage.
On fit faire une petite Litie-
re pour la Princesse, qui étoit
si couverte de clochettes aussi bien que les mulets, qu'elle avoit lieu d'être contente.
La Gouvernante qui étoit
avec elle se boucha les oreilles aussi bien que les Mule-
tiers qui seroient devenus
sourds immanquablement.
La Reine & deux de ses
femmes étoient montées sur
de beaux chevaux qui al-
C iiij

loient à merveille, il y avoit
des mulets qui portoient la
provision. Après trois mois
de marche ils arriverent au
Royaume des Jonquilles où
ils furent très-bien reçûs : ils
n'y resterent que trois jours,
après lesquels ils se remi-
rent en chemin pour cher-
cher le Royaume tranquille.
Au bout de huit jours ils ne
sçavoient plus de quel côté
tourner , ils se trouverent
dans un grand désert où il
n'y avoit pas le moindre ar-
brisseau. La Reine mit ses
boules au Soleil , & elle se
trouva toute éblouïe de leur
éclat; mais aussi-tôt qu'elle
les eut resserrées , elle fut

bien étonnée de voir près
d'elle une grande forêt dont
les arbres étoient si prodi-
gieux qu'ils paroiſſoient pour
le moins auſſi agés que le
monde ; ils marcherent encore huit jours au tour de
cette forêt ſans y pouvoir
entrer, tant les arbres étoient
ſerrés les uns contre les autres. La Reine mit encore
ſes boules au Soleil, & fut
éblouïe comme la premiére
fois, & ne les eut pas ſi-tôt
reſſerrées qu'elle apperçût
une entrée à la forêt ; ils y
trouverent tant de routes differentes, que ne ſachant laquelle ſuivre, ils retournoient
ſouvent ſur leurs pas. Ils com-

mençoient à desesperer de
trouver une sortie à cette
forêt, quand le jour de mettre les boules au Soleil arriva, ce fut un grand embar-
ras pour la Reine; car les
arbres étoient si hauts & si
touffus que le Soleil n'y
pénétroit point, elle marcha la moitié du jour pour
trouver quelque petit rayon;
mais n'en trouvant point,
& étant accablée de douleur
& de lassitude, elle se coucha
au pied d'un arbre, & rap-
pellant dans son esprit tous
ses chagrins passés: Non, disoit-elle fondant en pleurs,
il n'y a que la mort qui puis-
se mettre fin à mes malheurs,

ma mauvaiſe deſtinée m'a
conduit dans cette forêt qui
n'a point de fin, & dont nous
ne pouvons retrouver l'entrée; malheureuſe que je ſuis
de n'avoir pas prévû que je
perdrois le ſecours de mes
boules en entrant dans un lieu
où le Soleil ne donne point!
Ses femmes s'affligeoient
avec elle, & le Prince tout
au contraire lui diſoit mille
choſes pour la conſoler: N'a-
vez - vous pas vû Madame,
lui diſoit-il, des malheureux
toucher au terme de la fe-
licité, dans le tems qu'ils ſe
croyoient au comble de la
diſgrace? Il faut eſperer que
le Ciel aura pitié de vous,

& qu'il vous délivrera par
quelque coup imprevu dans
le tems que vous vous y attendez le moins.

Il l'encouragea si bien
qu'elle remonta à cheval
avec toute sa troupe, allant
toûjours à l'avanture; ils n'eurent pas fait cent pas qu'ils
aperçurent une petite cabane; il furent d'abord transf-
portés de joye, ne doutant
pas d'y trouver quelqu'un
qui leur enseigneroit leur
chemin. Le Roi & la Reine
y entrerent avec précipita-
tion, & n'y voyant personne, ils examinerent la chambre, & furent surpris de la
trouver parquetée, quoiqu'il

y fiſt fort ſombre, & qu'il y
eût peu de jour, il en faiſoit
aſſez pour voir qu'elle étoit
bien boiſée & très-propre.
Il y avoit un lit dont les ri-
deaux étoient de toille des
Indes, un tapis pareil ſur
une petite table & deux chai-
ſes de jonc ; cela leur fit
juger qu'il falloit qu'elle fût
habitée par quelque perſon-
ne de conſideration qui vouloit ſe cacher au monde.

Ils ne ſe trompoient pas ;
dans le moment, il virent
paroître une Dame âgée,
d'un air fort vénérable, &
vétuë d'une robe négligée
pourpre & argent; elle a-
voit une guenuche ſous ſon

bras. L'étonnement fut égal de part & d'autre ; car la Reine de l'Isle Fertile avoit une majesté qui lui attiroit le respect de tout le monde. Pardonnez, Madame, dit la Reine, à une Princesse étrangere, une faute que son ignorance lui a fait commettre ; elle n'auroit pas eû l'indiscretion d'entrer dans cette maison, si elle eût pû prévoir qu'un lieu si sauvage fût habité par une personne de votre naissance. Sans avoir l'honneur de vous connoître, je ne sçaurois douter qu'elle ne soit illustre. Il est vrai, dit la Dame à la Princesse, en la prenant par

la main pour la faire asseoir,
& je satisferai votre curiosité là-dessus, quand vous aurez pris quelque rafraichisse-
ment. Elle leur présenta
deux jattes pleines de dates
& de figues excellentes, de
l'eau bien claire dans un pot
de porcelaine, & des tasses
de même pour boire ; quand
la Reine & le Prince eurent
mangé suffisamment, la Dame donna le reste aux femmes de la suite de la Princesse, qui en porterent aussi-tôt à la Petite, qui étoit
restée dans la litiére un peu
à l'écart, à cause du bruit.
La Dame témoigna aussi son
chagrin à la Reine d'être

dans l'impuissance de la recevoir d'une maniere plus digne d'elle. Elle s'assit sur son lit pour laisser les siéges libres à la Reine & au Prince.

Mais auparavant de parler de ce qui la regardoit, cette Dame pria la Princesse de l'Isle Fertile de lui faire la grace de lui dire à qui elle avoit l'honneur de parler. La Reine lui conta en peu de mots ce qu'elle étoit, le sujet de son voyage, & l'inquiétude qu'elle avoit de ne point trouver de soleil pour y exposer ses boules, elle ouvrit la boëte pour les montrer. Dans l'instant, la Guenuche

nuche se jetta dessus, en prenant une dans chaque main,
& l'autre entortillée dans sa
queuë, ne fit qu'un saut dans
la forêt, & grimpant au haut
des arbres, on l'eut bien-tôt
perdu de vuë. Quel redou-
blement d'afflictions pour la
Reine ! & de quels termes ne
se servit elle point pour exprimer sa douleur ! La Dame la conjura de se tranquil-
liser, l'assurant que sa guenuche rapporteroit les boules; qu'il lui arrivoit souvent
d'emporter des dates pour se
joüer, & que quoiqu'elle fût
quelquefois des heures entie-
res à revenir, elle n'en per-
doit jamais une, & n'y tou-

choit pas même pour en manger, mais qu'elle les rappor-
toit exactement où elle les
avoit prises.

Elle fit rentrer la Princesse
dans la Cabanne d'où elle
étoit sortie pour courir après
la guenuche, & après s'être
assise comme auparavant. Je
sçai, dit la Dame, que rien
n'est plus capable de dimi-
nuer nos peines & de nous
les faire supporter, qu'en les
comparant à d'autres infiniment plus grandes dont tant
de personnes dans le monde
font accablées. J'espere, Madame, en vous contant l'histoire de ma vie que vous dé-
sirez apprendre, vous faire

avouer que vos maux font
legers auprès de ceux que
j'ai éprouvés, & que je ref-
fens encore tous les jours.
Je paſſerai les premieres années de ma vie ſous ſilence,
parce qu'ils ne s'y eſt rien
paſſé de remarquable, je ſuis
fille d'un Prince qui me ma-
ria fort jeune à un Roi très-
puiſſant, & qui poſſedoit
toutes les belles qualités qui
conviennent à un grandPrin-
ce ; il m'aimoit beaucoup,
& j'avois pour lui une véri-
table tendreſſe ; quinze mois
après notre mariage je lui
donnai un Prince qui redou-
bla encore ſon amour pour
moi. Cet enfant faiſoit tou-

te notre joye; tout jeune il
promettoit beaucoup; & à
l'âge où les autres ont à peine l'usage de la raison, celui-
là étoit déja un prodige; chaque année ajoûtoit quelque
chose à ses bonnes qualités
& augmentoit notre amour
pour lui. Je m'estimois la
Princesse du monde la plus
heureuse, quand une mala-
die imprévuë emporta le
Roi mon époux en trois jours
de tems; cette perte me fut
si sensible que je tombai
dangereusement malade, &
les Medecins pendant quelque tems désespererent de
ma vie. A force de soins & de
remedes ma santé se rétablit;

mon fils fut couronné & reconnu Roi : & quoiqu'il
n'eût pas encore quatorze
ans accomplis, l'Etat ne fouf-
frit point de fa jeuneffe, car
il avoit d'habiles Miniftres,
qui lui aidoient à porter
le poids de fa Couronne, &
des Généraux experimentés
pour la Guerre. Pour moi,
je confervois toûjours une
mélancolie extrême; le Prince qui m'aimoit veritable-
ment, faifoit fon poffible
pour me réjoüir & pour me
diffiper, nous nous prome-
nions fouvent enfemble dans
les Jardins du Palais. Un jour
que nous étions dans un allée
d'Orangers, nous apperçû-

mes dans l'air un petit chariot tiré par des cygnes plus
blancs que la neige, il s'abaif-
fa à nos pieds, & nous vîmes
fur un couffin de velours verd
un boëte garnie d'émeraude,
le jeune Prince fe jetta def-
fus & l'ouvrit ; mais il ref-
ta immobile & fans mouve-
ment, ma furprife ne fut pas
moindre en lui ôtant la boëte des mains, d'y voir le portrait de la beauté du monde
la plus vive & la plus pi-
quante. Nous ne fçavions ce
que cela vouloit dire, quand
nous vîmes un petit papier
plié ; c'étoit une Lettre de
la Reine du Royaume Tran-
quille, écrite au Roi. Je ne

vous rapporterai pas les termes mot pour mot, car je ne
les ai pas retenus ; mais elle
lui marquoit, que le regar-
dant comme le Prince le plus
accompli de l'Univers, elle
avoit choisi la plus parfaite
de toutes ses Nymphes, &
la plus belle, de l'aveu même de toutes ses compagnes ;
que c'étoit aussi celle qu'elle
cherissoit davantage à cause
de ses manieres gracieuses,
& de son humeur enjoüée,
qu'elle lui offroit pour épouse que s'il l'acceptoit, il
n'avoit qu'à garder le portrait, & renvoyer les Cy-
gnes, & qu'il auroit dans peu
de ses nouvelles. Le Prince

garda le portrait avec grand
plaisir, & ordonna aux Cygnes de s'en retourner. Il
fit assembler les principaux
du Royaume pour leur fai-
re part de la nouvelle de son
mariage; ils en témoignerent
une grande joye: dès l'heure
même, le Roi & toute sa Cour
ne songerent plus qu'à inven-
ter des jeux & des fêtes, &
à se préparer à recevoir la
Reine d'une maniere qui ne
fût pas moins galante, que
magnifique.

Huit jours étoient à peine
écoulés, qu'étans à prendre
l'air sur une terrasse, nous
vîmes s'abaisser devant nous
un chariot beaucoup plus

grand

grand que le premier; il y
avoit de même un billet qui
inſtruiſoit mon fils de ce qu'il
devoit faire. Il me le donna
à lire, & m'embraſſant ſans
rien dire, il ſauta dans le chariot tout tranſporté. J'atten-
dis ſon retour avec une impatience extrême, & je le
vis arriver trois jours après,
avec la Princeſſe ſon épou-
ſe, que je trouvai mille fois
plus belle que ſon portrait.
Elle étoit vétuë d'une robe
verte, toute brodée de bou-
quets verds & argent, qui
repréſentoient des branches
d'Aubeſpines. C'étoit une
Nymphe des Bois : on les
diſtinguoit de celles des Par-

E

terres, en ce que celles-là avoient des habits unis de taffetas, des guirlandes, & des bouquêts, celles-ci au contraire n'en avoient point; mais en récompense leurs robes dont les fonds sont toûjours verds, sont brodées, & représentent les fleurs ou les fruits des bois dont elles portent le nom. Aubespine, c'est ainsi que se nommoit la nouvelle Reine, étoit la personne du monde la plus aimable & la plus charmante, son époux en étoit enchanté, toute la Cour & tout le Royaume marqua sa joye par des fêtes & des réjoüissances qui durerent fort long-tems.

Au bout d'un an, elle mit au monde un fils : c'étoit le plus beau Prince, & le mieux fait qu'on eût jamais vû ; il n'avoit pas atteint quatre années, qu'il faisoit l'admiration de toute la Cour : à dix ans, il étoit très-sçavant & sçavoit mille choses au-dessus de la portée de son âge : pour les exercices du corps, pas un des jeunes Seigneurs qui s'exerçoient avec lui, n'approchoit de son adresse & de sa bonne grace, il se nommoit Sans-pareil ; plus il croissoit & plus on le trouvoit digne de ce nom.

Nous joüissions tous d'un

bonheur & d'une tranquillité parfaite, quand elle fut
troublée par un Prince de
nos voisins qui envoya offrir
sa fille en mariage pour le
jeune Prince. Cela jetta la
Cour dans une consterna-
tion qui ne se peut exprimer : nous prévîmes bien que
de quelque maniere que les
choses tournassent, il ne
pouvoit en arriver que de
grands malheurs. La fille de
ce Prince étoit une vraye
Magotte, il n'en a jamais été
de si affreuse ; elle n'avoit pas
deux coudées de haut, en-
core son visage en empor-
toit-il la moitié, & son corps
l'autre : car pour des jambes

elle n'en avoit point, elle avoit seulement deux
pieds de dragons qui sor-
toient de ce vilain tron-
çon ; sa peau étoit une vraye
peau de maroquin, elle avoit
le nez écrasé, beaucoup plus
large que long, deux petits
trous grands comme des len-
tilles, par où elle voyoit,
sans paupieres ni sourcils,
la bouche jusqu'aux oreilles,
quatre grandes dents & un
menton d'une longueur ef-
froyable. Le moyen de donner un tel monstre au beau
Sans-pareil, pour qui la nature avoit été si prodigue,
qu'elle sembloit avoir épui-
sé pour lui tous ses dons &

tous ses trésors ? Mais comment refuser un Prince méchant & cruel, qui pouvoit leur faire bien du mal, parce qu'il étoit grand Magicien ?

Le Roi mon fils, après avoir rêvé, crut avoir trouvé un expediént sûr, il fit remercier le Magicien & lui fit representer que son fils étoit trop jeune & trop délicat, qu'il étoit resolu de ne le point marier si-tôt; le méchant Prince ne se paya pas de ces raisons, il vint lui-même trouver le Roi, il demanda le jeune Prince, & ne le trouva pas aussi délicat qu'on lui avoit fait, il continua ses poursuites auprès du Roi & de la Rei-

ne, & me pria auſſi de lui
être favorable : mais voyant
qu'il ne gagnoit rien, il devint furieux ; & levant ſa baguette pour frapper mes enfans, je m'évanoüis. Quand
je fus revenuë à moi, je me
trouvai ſeule ; j'appellai mes
officiers pour m'informer du
Roi, de la Reine & du jeune Prince : ils me dirent qu'ils
ne les avoient point vû ſortir
& qu'ils les croyoient enfer-
més avec moi, & le méchant
Prince. Je ne pus ſçavoir
ce que ces chers enfans
étoient devenus : quelle
douleur pour toute la Cour!
Mais quel deſeſpoir pour
moi! Je ſortis du Palais ſans

être suivie de personne, ce
qui ne fut pas difficile dans
le trouble où tout le monde
étoit. Resoluë de ne plus voir
la lumiére, je m'enfonçai
dans cette Forêt où je trouvai cette cabane habitée par
une petite vieille qui me con-
sola fort, en m'assurant que
je trouverois mes enfans dans
cette Forêt; elle me donna
les deux jattes que vous avez
vûës & un pot plein d'eau:
quand les dattes & les figues
sont mangées & l'eau buë,
j'en retrouve autant que si je
n'y avois pas touché.

La petite vieille disparut,
après avoir ajoûté à ses présens la Guenuche qui a em-

porté vos boules, & depuis deux ans que j'habite ici, vous êtes les premiers mortels qui ayent abordé en ce lieu. Après cela, Madame, n'avoüerez-vous pas que je suis mille fois plus malheureuse que vous ?

La Reine de l'Isle fertile ouvroit la bouche pour répondre, quand elle fit un cri ; c'étoit la Guenuche qui rentroit avec ces boules, elles étoient toutes rayonnantes de lumiere, la Guenuche les ayant portées au haut des arbres, leur avoit fait voir le soleil. La Reine ne les eut pas si-tôt remise dans sa boëte, qu'il ne fut plus question

ni de cabanne , ni de forêt,
ils se trouverent au bord d'un
grand fleuve, & dans un Pays
qui paroissoit inhabité. Ils
voyoient de l'autre côté du
fleuve une belle campagne
toute fleurie , & qui sans
doute étoit bien cultivée,
mais il n'y avoit ni batteau
ni battelier pour passer. Ils
marcherent long-temps le
long de la rive, & com-
me ils commençoient à être
bien las, ils trouverent un
petit batteau tout de bois de
cédre, & couvert d'une toile
d'hollande fort fine, quoiqu'ils n'eussent personne qui
les sçût mener, ils aimerent
mieux risquer d'aller au gré

des vents & des flots , que de mourir de faim où ils étoient, n'ayant plus de provision.

On laissa la Litiére & les mulets au bord du fleuve , les Reines, le Prince , la petite Carillon & toute la suite entrerent dans le bateau; mais la petite Princesse n'y fut pas plûtôt, qu'elle faisoit des cris effroyables;elle vouloit ravoir sa Litiére & ses mulets ; elle ne se contentoit pas du bruit d'un tambour de basque & de quelques clochettes d'argent dont sa Gouvernante s'étoit munie, non-plus que d'une douzaine de Grelots qu'elle avoit pendus à chaque oreil-

le, elle vouloit à toute force
se jetter dans l'eau : sa mere
étoit au desespoir, elle avoit
beau lui promettre des bijous
des belles robes & des ru-
bans, tout cela ne l'appai-
soit point. Dans le tems
qu'on étoit occupé à l'amu-
ser, le batteau se trouva tout
d'un coup précipité dans un
gouffre effroyable , tout le
monde joignit ses cris à ceux
de la petite Carillon, ils se
croyoient perdus, quand leur
batteau revenant sur l'eau ils
se trouverent proche de terre, ils descendirent prompte-
ment & crurent qu'ils ne pouvoient trop se presser de quitter un élément qui leur avoit

fait si grande peur, & où ils
avoient couru tant de risques.

Une grande avenuë d'ar-
bres au milieu d'un bois de
haute futaye, leur ôta l'in-
certitude du chemin qu'ils
devoient prendre, ils la sui-
virent, & ne furent pas long-
tems sans appercevoir le Palais du Royaume tranquille,
La Reine de l'Isle fertile voulant laver ses boules, elles
sauterent à bas & allerent
toujours roullantes traver-
sant les cours, le vestibule,
les galleries & les salles jusqu'à ce qu'elles se trouverent dans la chambre de la
Reine qui fut bien étonnée
de les voir, Une des boules

sauta sur sa robe : Qui êtes-
vous , aimable boule ? leur
dit la Reine, & que voulez-
vous de moi? Grande Reine
répondit-elle je suis Aubespine cette Nimphe que vous
aimiez tant & que vous aviez
mariée à un si beau Prince;
voilà mon mari & mon fils,
un Enchanteur nous a méta-
morphosé de cette maniére
pour lui avoir refusé mon fils
en mariage pour sa fille ;
soyez boules nous dit-il , &
roullez jusqu'à ce que vous
trouviez le Royaume tran-
quille. Il nous fit sauter dans
les jardins par une fenêtre où
nous trouvâmes la bonne Fée
qui nous serra dans sa que-

nouille. Aubespine conta son
histoire, & comme la Reine
de l'Isle fertile étoit dans son
Palais avec sa fille; aussi-tôt
la Fée envoya des Nimphes
au devant d'elles pour les recevoir, & un moment après,
le Prince & les Princesses
arriverent. La Reine tranquille leur fit toutes sortes d'ho-
neurs, & ne voulut pas differer à les rendre heureux,
elle toucha la petite Princesse Carillon, qui parut dans
l'instant si belle & si bril-
lante, qu'on ne pouvoit la
regarder: c'étoit pourtant ses
mêmes traits & sa même tail-
le, elle étoit née belle &
bien faite; mais sa méchan-

ceté, ſes grimaces, ſes con-
tortions la rendoient laide
& difforme. La Fée lui don-
nant de la douceur & de la
tranquillité, ſa beauté parut
dans tout ſon éclat. La Reine
toucha auſſi les boules qui
reprirent leur premiére forme. Quelle joye pour la bonne mere de voir ſes enfans!
Peu s'en fallut que ſes jours
ne fuſſent abregés; mais quelle admiration cauſa le beau
Sans-pareil! Tous les yeux
qui étoient arrêtés ſur la Princeſſe furent partagés, & ne
ſçavoient auquel des deux
donner le prix. Le petit
Prince & la petite Carillon
ne furent pas moins charmés

l'un

l'un de l'autre, que toute l'assemblée l'étoit d'eux.

La Fée donna aux Reines & aux Princes, des appartemens superbes où on leur servit à manger en particulier pour éviter les cérémonies & la contrainte. La nuit se passa sans que toutes ces personnes dormissent beaucoup, elles avoient le cœur trop agité par la joye & l'esprit trop rempli des évenemens de la journée précédente. Le lendemain les Princes & les Princesses se retrouverent chez la Reine, qui leur fit voir les magnificences, & les raretés de son Palais, ils y resterent huit

F

jours, pendant lesquels Sans-
pareil ne quitta guere la petite Princesse. Il étoit d'une
melancolie extrême quand
il ne la voyoit point; il alloit tous les jours à sa toi-
lette, & tâchoit par ses assi-
duités & par mille petits soins
à lui faire connoître les sentimens qu'il avoit pour elle:
la petite Princesse n'y étoit
pas insensible, elle étoit in-
quiette quand le Prince venoit un peu plus tard qu'à
l'ordinaire, & elle ne pouvoit s'empêcher de lui faire
des reproches de sa paresse.

Enfin, le jour du départ
approchoit, Sanspareil ne
put en entendre parler sans

frémir, il proposa à la Reine sa mere de le laisser aller
avec la petite Carillon. La
Reine l'aimoit trop pour lui
accorder sa demande, elle lui
en fit voir l'impoſſibilité, il
fit tout ce qu'il put pour la
fléchir, & n'y pouvant reüſ-
fir, il fut tout en larmes chez
ſa Princeſſe, lui dit tout ce
que ſon amour & ſa douleur
lui inſpira ; qu'il ſouffriroit
plûtôt, qu'on lui arrachât
la vie, que de conſentir à
cette cruelle ſéparation.

La Princeſſe étoit toute
en pleurs quand on les vint
chercher pour leur deman-
der leur conſentement ; la
Fée avoit propoſé leur ma-

riage au pere du jeune Prince qui en fut ravi, & à la
mere de la Princesse qui
donna son consentement
avec grand plaisir, ne doutant pas de celui du Roi son
époux. Cependant comme
elle ne vouloit rien faire sans
lui, la Fée lui envoya un
Courier qui fut bien-tôt de
retour; car cette Reine avoit
une poste établie dans l'air, où
sans avoir des Bottes de sept
lieües, on faisoit au moins
cent lieües par heure. Les
larmes du beau Sanspareil &
de la petite Princesse furent
changées en de grands té-
moignages de joye. Les nôces se celebrerent avec gran-

de pompe : le Prince avoit
quinze ans & la Princesse en
avoit douze , chacun son-
geoit à reprendre le chemin
de son Royaume. La Gue-
nuche se tourmentoit & faisoit des caresses si extraor-
dinaires à la Fée , qu'elle
sembloit lui demander quelque chose: lassée de ses im-
portunités, elle la toucha :
je ne sçai , dit-elle, ce que
tu veux de moi ; mais je t'ac-
corde ce que tu demandes.
dans l'instant on vit paroître
une magotte effroyable :
Grande Reine, dit ce petit
monstre, je suis fille de cet
enchanteur qui avoit changé
ces Princes en boules, en

revenant dans son Royaume
il fut massacré par ses sujets.
Comme je cherchois à me
cacher je vis entrer la bonne
Fée qui me dit: ne craignez
point, je viens ici pour vous
garantir de la fureur du Pu-
ple, vous avez l'ame trop
belle pour habiter un si vilain corps, vous en aurez un
autre un jour; mais il faut
pour cela expier les derniers
crimes de votre pere ; soyez
Guenuche, dit - elle, & me
menant dans la forêt elle me
donna à cette Dame, & me
dit de ne pas manquer de
prendre les boules d'or quand
je les verrois, & de les porter au Soleil : je l'ai fait, &

cependant je me revois encore sous la même figure.
La Fée en eut pitié, & la
touchant de nouveau, elle
parut sous une forme aimable & fort gracieuse, elle la
mit au nombre de ses Nim-
phes, & lui promit de la
bien marier.

FIN.

www.ingramcontent.com/pod-product-compliance
Ingram Content Group UK Ltd.
Pitfield, Milton Keynes, MK11 3LW, UK
UKHW020208130726
13696UKWH00002B/792